JN253375

友（やづ）あ何処（ど）さ行（え）った

福司 満

秋田白神方言詩集

コールサック社

秋田白神方言詩集

友(やづ)ぁ何処(ど)サ行(え)った

目次

一章　此処サ生ぎで

二章　まだ生(え)ぎでらたがぁ

三章　友(やづ)ぁ何処(ど)サ行(え)った

秋田白神方言詩集

友(やづ)ぁ何処(ど)サ行(え)った

福司 満

一章　此処(こご)サ生(え)ぎで

此処(ここ)サ生(え)ぎで

オラの生まれだ集落(むらこ)だば
オドぁ[*1]　朝草ぁ刈って
どさっと　厩(まや)サ置(お)けば
牛(べごこ)ぁ　餌箱(きっち)ぃ　でっくり反転(かっちゃ)ねして
鼻っコ鳴らしてしゃぁ
オドまだ
朝飯(あさみし)ぃ三膳(さんべぇ)も食ってぇ
そンでも空腹(はらへ)ったテしゃ
「あぇ仕方(しかだ)ね」っテ
アバぁ[*2]　もちゃもちゃド[*3]

隣（となん）サ飯（まんま）ぁ借（か）れんネ行（え）ってしゃぁ
んだども家中（えのなが）ぁ軋轢（さだぐ）も無（ね）ぇ
オドぁ　無言（むすらっと）まだ田圃（たもで）サ行（え）ったおン[*4]

昨夜（ゆべな）も
この町の住吉町辺（あだ）りで
酔っ払った若者等（わぎゃもら）ぁ
喧嘩コでもしたんでらぁ
大ぎた声してらきゃぁ
石（えしこ）サ座（ねま）たまま　寝ふかぎしてしまったおン
翌朝（あさま）なってぇ
あちこちサ煙（けぶこ）あがって
汽笛ぁ
ボー　ボーって鳴ったば

一番車がら　どやどやド人々(ふとど)おりで来てしゃぁ
あれがら二十年経って
五十年経ってぇ

筋向げぇの婆さまも一人(ふとり)暮なテ
トタン屋根サ「ペンキこ塗ったらええべぎゃ」っテ
空コばり見でるども
あれだば
東京の方(ほ)向ばり見でらたべぇぁ
ん、息子等(わげもど)ぁ帰郷(もど)るが分(わ)がらねどぉ

鷹巣の町だっテ
駅前(えぎめ)ぇ　ずうと歩(あ)ってみれ
シャッターばりおりで

その隙間がら
厳ぃ目玉で見でればええども
溜息も何も
聞けでくるもんでねぇ

誰ぁこんた集落ねして
誰ぁこんた町コねしたんでら
これも時世だって喋るども
何千年もして
未来人等だぁ
伊勢堂岱遺跡みねね[＊5]
夢中なテ　土こ掘返げる訳ぇでも無べぇ

んだども

オラ等ぁ　現在　此処サ生ぎでらたどぉ
どひば　どひばっテ　溜息ばり出でくっとも
あの森吉山見でみれ
何も変わらねで、ホレッ。

＊1　父
＊2　母
＊3　もたもたと
＊4　〜のだ
＊5　〜ように

急遽(ぐっくど)ぉ山サ来い

むがし
もっとむがし
人等(ふとど)ぁ　山サ　山サ入植(は)テ
平和(あじまし)ぅ暮らしコして
千年も経ったば
山ぁ　恐怖(お)っかねってテ
平地(まぢ)の各地(あちゃこちゃ)サ群落(だま)なってテ

んだども
この地球だば

何時(えづ)ぃ
ぐるっと反対サ向ぐんでらぁ
活断層みねね
馬鹿者等(ばかもんど)ど一緒(てぇんご)なっテ
ぼかっ　ぼかっテ
何時(えづ)ぃ　火ぇ噴(ふ)ぐんでら
平地(まぢ)ぁ
みる残骸(じゃま)だべぇ

そんたごどで
心配(あんちこ)た訳(わげ)でねども
彼等(あらど)の血筋(まぎ)だんでら
得意(えっき)なテ
まだ平地(まぢ)サ

大勢(ふとどご)ぉ集(あづ)べでぇ

ええ
たった一人(ふとり)でもええ
急遽(ぐっくど)ぉ山サ来い

露月先生(ひんひ)ぁ村さ来た

汽車コも通らネ在郷(じゃんご)サ
露月先生(ひんひ)ぇ　左木先生(さぼくひんひ)ぇ
京都がら三幹竹先生(さんかんちくひんひ)も来(き)てぇ*1
素波里(すぼり)で吟行(はいくかい)だってしやぁ

地主様(だんなさま)の厩(まや)がら馬(んま)ぁ三頭仕立(した)でデ
その後(あど)列サ近郷(そごら)の三文俳人(ひんひがだ)だの
屋根裏(うらにげぇ)の文学者気触(ものかぎかぶれ)だの
じょえじょえど*2野道(きゃど)コさ続(つづ)でぇ

村の百姓等(ひゃくしょうど)ぁ畔(くろ)コ立ったまま

あの怠者等(からぼやみど)ぁっテ悪態吐(あくでっ)くども
凡人等(ただのふとど)で無(ね)ったべぇ

崖山(いわがんけ)さ唸ってぇ　亦(まだ)一句書えでぇ
晩(ばんげ)なったば分校(がっこう)の体操場(たいそば)で
あれぁ佳作句(ええく)だ　駄句だのっテ
訳の分がらネ酒コさ酔ってぇ
三、四十人もごろ寝してしゃぁ

俺ぁの知ら無(ね)ぇ昭和三年葉月(はづがつ)でぇ
露月先生(ひんひ)ぁ村さ歴史(みやげ)コ残してぇ
「君を訪へば鮎の背音(おど)の高まさる」
碑ぁぽつんと建ったままでしゃぁ

＊1　石井露月、佐々木左木、名和三幹竹の俳人たち

＊2　ぞろぞろと

秋祭(まづり)

神社(おみや)の石段(えしだん)
はぁはぁ息切(えぎき)らして登(あが)たば
何時(いづ)の間(め)ねがぁ　百五段もあってえ
俺(おら)も　これで見納めだべなぁテ
つくづくど集落(むら)っコぉ一望(なが)めでしゃぁ

四年ね一回(ふとげやり)の当番丁(とうばんちょう)でぇ
黴(かぶ)けだ拝殿サ
氏子等(うじこど)ぁ　じょっくり頭コ揃えでぇ
神主(ほげんさま)ぁ　おーおっ　おーおっテ

遠ぎぃ瑞穂の国がら
産土神(かみさま)どご呼(よ)ばたばぁ
しゃりりん　しゃりりんテ
巫女(みこ)ぁ振る御鈴(おすず)サ
すうーと降臨(おり)で来てしゃぁ

氏子等(うじこど)ぁ大騒ぎして
産土神(かみさま)どご神輿(みごし)サ乗(ぬ)ひれば
何処(どご)がらがぁ　猿田彦(てんぐさま)まで降臨(おり)で来て
神幸行列(ぎょうれつ)の道案内(きゃどばらえ)してしやぁ

村人(おどな)だの　若勢(わがじぇ)だの
そらぁーぁ来た　そらぁー来たテ
笛ぇ吹えでえ　太鼓(てご)ぉ叩(ただ)えでぇ

大名行列だの　駒踊りだのっテ
先祖の先祖がら
豊作だぁ　萬作だぁテ
産土神(かみさま)どご持成(もでな)してしゃぁ
だども
集落(むら)っコねだば　だんだん人影(ふとこ)も見(え)ねぐなてぇ

ああ
あの時(じぎ)の若勢等(わがじぇど)ぁ
駒踊りサ夢中(もじょ)なてあったども
誰(だ)ぁ連(つ)で行(え)たんでら
破(むじゃ)げだ軍服まま
サイパンの熱砂(すな)で
シベリアの凍土(つぢ)で

あの甲高げぇ笛コだの
ずしん　ずしんテ響ぐ太鼓(てご)だの
うつらぁ　うつらっテ聞でるべぇ

あの連中等(れんちゅうど)ぁ
今年(えま)だりだば
百五の石段も登れねぐなっテ
きっと神輿(みごし)サ乗(ぬ)って
ぐるっと集落(むら)っコぉ一望(なが)めでるべども
赤茶気(さび)だ空家の屋根コぁ見でぇ
顔(つら)コぁ顰(しか)めでるばんだべなぁ

集落(むら)コサ雪ぁ降っとも

念仏(ねんぶつ)コ終ったンでら
女達(おなごど)ぁ
雪下駄(ゆぎげだ)コぁ
きゅっきゅっど鳴らして
灯(あがりこ) の下サ潜(もぐ)って行(え)がぁ

こんたね凍(しば)れる夜(ばげ)だば
一週間(ふとなのが)ね三人死ぬテ
寒気(じゃわめぐ)する話だぁ

「今度ぁ俺の番だ」テ
年寄コぁ
小言つぐふりスども
息子夫婦ぁ
小憎らしいンでら
車でぶっ走だじゃ　ほれ

この集落コも
何時頃がらがぁ
雪降って
家つぶれで
鳥ぁ鳴えで
人ぁ死んで
まだ死んで

親方(おやぎ)の若旦那(ののさま)ぁ
何処(どご)で放浪(ほろけ)でらンでら
屋根(やねこ)サ三尺も雪積(ゆぎあ)がたままでしゃぁ

そして

まだ冬来(こ)えば
分家(べっけ)の年寄達(としよりど)ぁ
じょっくり顔(つらこ)並べでぇ
雪(ゆぎ)の破風(ぐす)ぁ見上げっとも
何時(えづ)の間(こめね)が
眼(まなぐこ)　まで狡(ずれ)ぐなて
すごすごど

家(え)サ戻(は)て行(え)がぁ

雪(ゆぎ)ぁ
来年も降っぺぁ
まっと降っぺぁ
だども
やがて(やんでねぇ)
年寄(としより)コも
百万遍(なんまえだぁ)の鐘(かねこ)も
んんな吹雪サ包(くるま)たまま
捲(ま)ぐれ飛んでえ
ただの雪原(だえっこ)ねならたべぎゃぁ＊

＊雪原になるだろうか

雪

家(え)も屋敷(やしぎ)も
どがどがド雪(ゆぎ)さ埋(ん)まテ
ブルぁ大威張(おおえば)りで来(く)っとも
まだ降って　まだ降って
―俺(おら)ぁ昔(むがし)から此処(こご)さ降っテぇ
―此処(こご)さ降って何故(なして)悪(わ)りがテぇ*

んだども昔の雪だば
もっと性格(たぢえ)良がった
踏んでも転んでも

ケラケラ笑ってばりデ

夜（よま）なれば
裸電球（はだがでんき）ぃ点（つ）で
飯（まんま）ぁ食（く）って　餅コ炙（あ）ぷテれば
雪等（ゆぎど）ぁ　ぼたぼたド来（く）っとも
よぐ聞（き）デみれ
小言コ吐（つ）ぎながら
すごすごド戻って行（え）ぐべぇ

＊悪いのかと

村っこ五題

無念（おっちゅ）のオド

戦争敗げたきゃぁ
無念（おっちゅ）　無念（おっちゅ）っテ
あのオドぁ
まだ其処（そごだん）で
彷徨（まちゃ）めでらべェ

悪童（ごんぼほりわらし）

足ぁバダめがひだ＊悪童（ごんぼほりわらし）ぁ
東京弁べらめがひデ
早ぐ嫁もらえじゃっテ
婆（ばば）ぁ
急遽（でたくたど）　墓石（えしこ）サもぐたんでね

ほれっ

＊バタつかせた

不思議（おがしけ）だ夏（なづ）

涼台（すずみでぇ）サ豆腐（とふ）コ置えだまま

誰（だん）だばぁこれ
蜩（かんかんひみ）　ね小便（しっこ）かげらえっと
ンだども
蟬ぁ急に（きたっと）止（と）まって
不思議（おがしけ）だ夏だなぁ

散歩

土建（どかだ）も不振（やずがね）んでら
ダンプも走（は）ひねぐなテ
裏道（かぐち）だば
ずすら＊　ずすらっテ
まだ元教師（ひんひ）だべェ

息（えぎ）ぃ切らしてらズぃ
　　＊ずしずしと

んだんだ

怒鳴（きまが）えでも
んだ　んだって
首縦（くんたたで）ね振る奴（ず）
大勢（えっぺえ）　居（え）であったもだ
横（よご）サ首振（くんたふ）る
隣（となり）の爺ちゃだば
シベリアがら戻テ来たおン＊
　＊来たもの

米代川河口

二月の河口（かわじれ）って
こんたね静寂（おどなし）ってがぁ
川も海も
ぼやぁと寝だままでぇ
眼（まなぐ）コ閉（し）めで
対岸（むぎやがわ）の家々（えっこ）ぁ見だば
偶（たま）ね
ちょろっと動ぐばんでえ[*1]
遠ぎ火力発電所の煙（けむこ）ぁ
村の火葬場みねね
真っ直ぐねのぼってしゃ

河口(かわじれ)の白(しれ)ぇ病院サ
まだぁ逃亡(にげ)で来たども
ステンレスの点滴棒サ繋(つな)がえでぇ
このまま
河口(かわじれ)サ投げらえだら反撃(どひ)ばなぁ
医者(えしゃ)も看護師(かんごふ)も
んんな親切(ええふり)こえでっとも
ぱたっ　ぱたっテ
夜中(よなが)のスリッパの音(おど)コ聞(き)でみれ

河口(かわじれ)の二本目の古橋(はし)サ
ヤマぁ（友人の愛称）飛び込んだヅ
五十年も昔(むがし)の話だ
今頃(えまだり)ぁ

河口(かわじれ)の海底(そご)で
にゃっと笑ってらべぁ

鹿角の奥ぐでぇ
白神の麓村(むらこ)でぇ
すぐ其処(そこ)の東雲原でもだぁ
年寄等(としよりど)ぁ
食卓(テーブル)サ投薬(くすりこ)ずらっと並べでぇ
同(ふとった)　ぁ新聞ばり
何回(なんぼぎやり)も裏返(かっちゃね)して読んで

ただね
天気(そら)ばり褒めでしゃぁ
誰(だ)どご待って
何処(どえ)サ行ぐ気だんでらぁなぁ[*2]

鉛板(なまりこ)みねんた河口(かわじれ)ぁ
さわさわど
風コ(かぜえ)渡るども
あれだば
川底(そご)の人魂(たまし)っコの声だべぁ
鹿角がら流れでぇ
白神がら流れでぇ
東雲原がら流れでぇ
小石(えしこ)なって
んんな此処(こご)サ集(あ)づばってなぁ

ん
だどもまだ早じゃぁ
もう一回(ふとぎやり)米代川ぁ遡上(のぼ)ってみっかぁ

＊1　ばかりで　　＊2　気なんだろう

村唄百万遍

ナンマエダー
ナンマエダ
婆様ぁ拝(おが)だきゃぁ
地震も止(と)まテ
赤痢(ひぎり)疫痢(えぎり)も　んな逃げだ
ナンマエダンブツ
ナンマエダ

オドぁ
夜明(くれぇ)から田仕事(たかまし)しても

困窮(ひづね)ぇ家計(かまど)で　煙草もふげねぇ
んだども
ナンマエ
ナンマエダー

長男(あんちゃ)も次男(おんちゃ)も
日の丸背負(しょ)って
どごで死んだが　白木の箱(はご)だぁ
ナンマエダダンブツ
ナンマエダ

あれがら始(はじま)た子守唄(あだこうだ)ぁ
懲(こ)りね若者等(わげえもど)ぁ東京サ向(のぼ)て
彼方(あっち)ね此処(こっち)ね

空(からぽ)の飯詰(えちこ)
年寄等(としよりど)ぁ
ぴくらぁっと死んだふり
ナンマエダンブツ
ナンマエダ

平成なっても狼狽(うろず)ぐ村コ
空家(あぎや)もべっちゃり
大工(でご)まで追(ぼ)って
髭(ふげ)の若者等(わげもだ)
何処(ど)サ行(え)ぐが
膝小僧娘(ひじゃかぶめらしこ)ぁ
何処(ど)サ行(え)ぐが
その先(さぎ)ぁ

ナンマエナンマエダー
ナンマエダンブツ
ナンマエダー

大津波

天保四年の
その次の年がら
村ね　食物(くうもの)ぁ無(ね)ぇ(む)ぐなって
三太郎の婆(ばば)も
甚兵衛の童(わらし)も
権助オドも
顎ぁ尖って
脚もなも柴ッコ様(み)ねんなテ
ばたばたどぉ倒れでぇ
ままんで

天空がらの大津波みねね
三百五十人も浚わえでしまったたドぉ

まさがぁ
まさがぁって思うべぇ………
食物ぁ無ぐなったら
山がら蕨でも採って来えばええべすぃ
米っコ無ぐなったら
隣家がら借れだらええべすぃ
銭んコ無ぐなったら
役場サ走ひで行げはえべすぃ
そんた世の中だぁテ言うども………
人間ぁ少し余裕ぐなれば
不思議だ事やるもんてしゃぁ

んだべぇ……

この前(め)ぇの事(ごど)ぁ　忘れだがハぁ
筋向げの修一も
俺らの長兄(あに)も
南方の熱砂(すな)サ埋(ん)まテ
槻(つぎのぎ)の下の養太郎も
その弟(おんじ)の芳一もだぁ
ソ連の森林(やまなが)で凍(し)みでしまテ
なんぼ待っても
若者等(わげもんど)ぁ戻って来(こ)ねぇ
二百三十一人もだどぉ
あれだってやぁ
人間(ふと)の起(おご)した大津波であったべしゃぁ

こんどまだ
平成四十年なれば
村の住民(ふと)ぁ半分居(え)ねぐなるっテよ
過疎だ
予告だ
予想だって言うども
それだば
さわっ　さわっテ　波コ寄(よ)ひる様(え)ね
誰(だ)ぁが仕掛(やら)ひでるごどだべぇ
地球サ罅(ふび)ぁ入(は)るどが
隕石(ほし)ぃ落ぢでくるどが
そんた予想ど違わたどぉ

それよりもやぁ
あの
ピカッと光って
シュシュって煙コ噴(は)ぐ
訳のわがらねえ大津波ぁ
何時(えづ)がぁ
天空(そら)がらでも来るがも知(し)んねえ
んだども
それだば人様のやってら芝居(しばや)だべぇ

止めれっ
この猿回等(さるまわしど)ぉ

愛と恋の「獅子踊り」

幼少の頃（わらしだじぎ）ぁ
神社（おぼすなさま）の境内（にわ）で
獅子踊り見でらきゃぁ[*1]
どごだんでら
異様（おがしけ）だ感情（きもぢ）コなってしゃぁ

青獅子（ながじし）ぁ
ぽんぽん跳ねれば
黒獅子（おじし）ぁ
追駆（ぼっか）げで

背中(ひなが)コ引張(ふば)てぇ　首(くんた)コ捕(つか)めでぇ
どっちが　かっちだが分がらね程(だぎ)ぃ戯(たらけ)でぇ
それでも
チャランノレー　チュウレイライって
笛ど太鼓(てご)で　囃子(どんどん)めがしてしゃぁ＊2

赤獅子(めじし)ぁ
ぼさっと立ってらきゃぁ
何(なに)ぃ思えだしたんでら
しなしなど摺り足で
その喧嘩(さわぎ)コさ入(は)ってぇ
青獅子(ながじし)さ　ぴたっと体コくっつけで
んだがど思えば
黒獅子(おじし)の腕コさ摑(たもづ)がて

チャランヒラ　チャランヒラってしゃぁ

四百年前のむがし
佐竹の殿様ぁ
常陸国がら国替(ながえ)さえで
なんもかも無聊(もやもや)してら頃(じぎ)ぃ
あっちの村でも
こっちの村でも
チャランノレー　チューレライって
殿様どご慰めだったどぉ

そんたごど　どうでもええども
んだども
よぐ見でみれ

あれだば悋気諍(やぎもぢけんか)だべぇ
旅先での夫婦ぁ
若者ね　若妻(あねちゃ)ぁ略奪(かばら)えで
夫(だんな)ぁ　狂気(もじょ)なてしゃぁ
叫(さが)んで　探して　立ち向(とっかが)って
漸(よやっと)く元の鞘さ収めだって話だぁ

あれがら
四百年もの間(あえだ)ぁ
なんだんでら　よぐ分からねども
誰(んんながら)もが
ん　ん　んって
相槌(あえづづ)ばり打って
見物してれば

ぽかぁーと温(ぬぐだみ)コきてぇ
踊ってみれば
愛だの　恋だっての　胸底(こごろコ)さ密(ちょこ)っと隠(かぐ)れでぇ
あーあぁ
これだば俺等(おらど)の生様(えぎざま)だぁ
ずうと　ずうと
この村コさ残(のご)しておくべぇ
んだべえ
そだべえ

（＊第二十九回国文化祭朗読詩）

＊1　見ていたら
＊2　鳴らして

待合室にて

薄暗え廊下の長椅子サ
誰(だ)も彼(か)も
地蔵(じんじょ)コ様(みね)ね
ずらぁっと座(ねま)テ
二時間も　三時間も
目玉(まなぐたま)ぁ
伏ヒだり回したりしてえ
漸(ようやっと)く　番号札ぁ　呼ばれだば
返事もしねェで
もちゃもちゃど歩(あ)ってぇ

仕事ぁ辞めだ時(じぎ)
ままんで凱旋でもした様(え)ね
診察室で胸っコ広(はだ)げで
緩(ゆ)りだ心臓の箍(たが)コ填めなおして
胃腸(はら)穴コ鋳掛(えがけ)だきゃぁ
何処(どこ)だんでら塩梅(あんべ)コ良(え)えして
ずるずるど
詰所ねして仕舞テぇしゃぁ*1

確か
現場ね居(え)だごろ
この先ねえ
真っ白ぇ大ぎだ広場コある筈だテ

ぐっと眺めであったども
今(えま)だば
からからど乾燥(はしら)えだ
果で見(めね)ぇ道路(きゃど)コぁ
どかっとあるばんだ

ああ
この足で
石巻サでも
寄り道(みぢ)してみっかぁ。[*2]

＊1　仕舞いたいんだな
＊2　見ようか

二章　まだ生ぎでらたがぁ

まだ生(え)ぎでらたがぁ

この冬がら春先(はるさぎ)サかげで
ごろごろど　人(ふと)ぁ死んで
その度(たんび)ね
頭(あだま)コぁ
わった　わったど[*1]　叩(ぶったら)がえでしゃぁ

其処(そご)辺(だ)りサ　蹲(つづぐば)て
大(おお)ぎだ呼吸(えぎ)して
親指(おでえび)ぃ　人差し指(ふとさしえび)ぃ　中指(ながえび)ぃって
順序ね折ってみだども

やっぱし俺(おら)サ
順番(ばんこ)ぁ　来たたがも知れねぇ

六月なって
庭石サ坐(ね)まてれば
ひゃっと山背(やまひ)ぁ吹(ふ)ぐども
腰だんでら　膝(ひじやかぶ)　だんでらぁ
顔(つら)ぁ一杯(えっぺ)ぇ顰(しか)めでるども
不思議(おがしけ)だ皮膚(かわこ)ぁ光線(びら)めがしてぇ
青大将ぁ
にょろり　にょろり這ってしゃぁ

龍神様ねも見捨(ばがね)さえだが
そこで蜷局(へっちょま)巻えでぇ

「まだ生(え)ぎでらたがぁ」だどぉ
なに　なにぃ
んだら
石でも打付(ぶつけ)でやっかぁっテ
痩(や)ひだ筋肉(うでっぷし)ぁ摑(つか)めでみだば
ぴくっ　ぴくっテしゃぁ
ん
俺もまだ戦(や)れるなぁテ
其処(そご)サ
石(えし)ぃぼだっと落どしてみだおん[*2]

＊1　ばんばんと
＊2　みたのだ

朝鮮牛(ちょうひんべご)

世(よ)ん中(なが)ぁ騒然(がや)めでも
和牛だの短角だば
悠然(やぐやぐ)ど青草(くさこ)食(く)ってあったモだ

んだども
朝鮮牛(ちょうひんべご)ね産(ん)まれだばンで
鼻環(はなかん)入(ひ)らえでしゃぁ
田搔(たかまし)なれば
しゅっ　しゅっテ

鞭(ぶち)ァとんできて
そんでも
目(まなぐ)コぁ細(しぼ)めで
谷地田(やぢた)コ漕(こ)えでしゃぁ
時々(たまね)
畔草(くろくさ)ァぱくっと食(け)ば
「この狡助(ずろすけ)っ」っテ
まだ後方(しっぱ)がら
ばしっとくらぁ

元々(もどもど)ぁ
牛(べご)っテ鈍重(のれ)もンだども
誰(だ)も知らねふりしてしゃぁ

夜なれば
厩サごろっと寝でぇ

肋骨ァばりばりっテ鳴っても
ゆったりど反芻スばんで
一回ぐらぇ
モーっテ泣えだらえべぇ

大昔ぁ
丸木舟で大海原越えで来てぇ
この前の戦争でも
輸送船サ乗ひらえで来てぇ
彼等より
もっとええ血筋ぁ溢てらべばテ

朝鮮牛だァ朝鮮牛だっテ
童等ねも使役えでしゃぁ

そしてらうぢね
訳の分らねまま交尾らえで
厩の藁サぼどんと落ぢだばぁ
それっ朝鮮牛だぁ
それっ廃牛鍋だっテしゃぁ

んでえ
何時の間ねが
暇がらも畔がらも
全然居ねぐなてぇ

親父(おど)等(ど)ぁ退屈(とんでぇて)ぐなて
少々(えっとま)韓国サ行(え)って来るっテしゃぁ
今度(こだ)まだカルビー食(く)ねがぁ
この罰当(ばっあだ)りぁ

蝮（くそへび）

踵（あぐど）サ　にょろっと触（き）テ
—足元（した）ぁ見だば
銭形（じぇんこがだ）ぁ付（つ）だ胴腹（どっぱら）ぁ
ぬらっと捻（ま）げで
口がら
かっか　かっかテ
毒ぅ吐（は）ぐども
オラの靴サだば
歯もただねべえ
………

様見（じゃまみ）れえ
草叢（くさわら）サ
蜷局（へっちょ）まえで
眠（ね）だふりして
人間（ふとさま）どご狙っとも
世の中ぁ
そんたね甘ぐねもんだぁ
黙って
鼠でも食テればええものぉ

何年も前（め）ね
隣りのオドぁ
地下足袋（たがじょ）まま
ぼっつり齧（かじ）らえで

二月(ふたづき)も入院してしゃぁ
その敵(かだぎ)でもねども
鉈(なだ)で
すぽっと首(くんた)ぁもえだば
頭ばり跳ねでえ
びくらっ　びくらっテとも
やっぱし執念深(ねっちょふ)けたなぁ[*1]

そんでも
君達(おめど)の仲間(ながま)ぁ
妖艶(びら)めだ体色(はだ)して
半端だ体長(たげ)して
まだぁ
にょろにょろど這テ

人間(ふとさま)の心臓サ
冷水(ひやみず)ぃ　ぶっかげで
知らねぇふりしているテがぁ
ごろっと
石の上サ横(なが)まテよぉ

あれだば
何十億年テ生ぎできた自信だべぇ
んだども
オラみねんた嫉妬家(やぎもぢやぎ)も居(え)っとぉ
躊躇(まちゃまちゃ)めでれば
じゃっくりど
トドメ刺さえっとぉ[*2]

＊1　深いだろうな
＊2　刺されるぞ

熊

成田与四郎（八八歳）
……の話だぁ。

昔ぁ
シベリアで何回（なんぼきゃり）も
死ぬめねあったども
……
三年前ぇだぁ
山畑（はだぎ）で休憩（えっぷぐ）してらきゃぁ
べろっと親子熊（くま）ぁ出でぁ
心臓ぁ破裂し程（だぎ）

だぐだぐっテ
髪の毛ぁ
じゃわじゃわど逆立(たって)ぇ
これで一巻の終わりがぁっテ

親熊ぁ
真ん前(め)でぇ
ンーウーって
真っ黒(くれ)え胴腹(どっぱら)がら唸ってぇ
唾(えぎ)い　どくんとのんだども
慌(うるだ)ぐなっ
視線(まなぐ)ぁ離しなぁテ*1
親指(おでえび)ぃ　ぎりッと握ぎてみだぁっ
一〇秒　二〇秒…………
尻(けっち)までびりびりした時間(どぎ)

どかっと　何が
手鎌(かま)サ当った様(え)だども
気ぃ　つだば
真っ黒(くれ)えもの二つ
どんどド逃(は)ひで行(え)ったおン

あの時間！
あの時間！だ
三月十一日も
あん様(た)　時間の中(なが)ぁ
ンーンな海サ
浚(さわ)わエでぇなぁ[*2]

＊1　離してはならない、と

＊2　浚われたよなぁ

猿

山猿（やまじゃる）　子猿（こじゃる）
今朝も
山岸の稲コさ　小便コかげで
葱の白株（ねっこ）ぁ
全部（でらっと）毟って
尻捲（けっちま）ぐって
吹飛（ふっと）んで行（え）ぐども

オドぁ
無念（おっちゅ）　無念（おっちゅ）ーテ

唇(くち)ぁ尖(とが)けでも
藪(じゃらかぶ)の中で
真っ赤だ顔(つら)コして
えひっと笑っテ
えーえっ
この畜生　くたばれ
山猿　子猿

んだらっテ
隣(とな)ンの兄(あんちゃ)ぁ　どどんと一発
片目っコ瞑(つぶ)て　ライフル構えだば
嫁(あねちゃ)ぁ
動物愛護だの
なんだのテ叫(さ)がんでよ

兄（あんちゃ）ぁ
檻（ろう）さ入（ひ）らえるっテの騒ぎだぁ

岳（やま）のど真ん中さ　道路（きゃど）コ通（と）して
清流（かわ）さダム建設（こしゃ）だば
君達（んがど）の縄張りだぁてえ
それ　誰（だ）ぁ決めだもんだぁ

待（ま）でよ　待で　待で
俺達（おらど）だテ縄文時代（むがし）から
此処（ここ）の主だどぉ
粟も　蕎麦も　黍（きび）も植えだたどぉ

君達（んがど）ども

先祖様ぁ一緒(ふとつた)テ喋(さ)べっとも
笑わひんなぁ*
頭脳(あだま)コぁ違うし
怠者(からぽやみ)でもねぇどぉ
それさやぁ
君達(んがど)ぁ産児制限もしてるがぁ

んだども
見でぇ見ねぇ振りス　人様(ふとさま)も居(え)でぇ
ほら
今日もまだぁ
山村(やま)がら人(ふと)ぁ下りで来(く)らぁ
空家ねなったば
熊吉(くまぎち)まで来て

そんたね笑うな
この山猿　子猿めえ

＊　笑わせるな

老猫

薄暗え裸電球の下で
八百匁の赤子ぁ
ばちゃばちゃど
盥コで洗わえでぇ
三島由紀夫だば
生まれだ時の光景コぁ
ぽかぁーと見だテいうども
あれだば嘘だべぇ

三つなった時ぁ

堰(ひぎ)さ流さえで
草(くさ)コさ摑(たもづが)てらどご
悪　童(あくたれわらし)ね助けらえで
子守(あだこ)ぁベソ(べちょ)かえでえ

あの悪童(わらし)もハぁ戦争で死んでしまっテ
学校さ入学(あが)っだころ
親方の山桜の実コ盗(と)ってぇ
樹木(き)がら落ぢでぇ
前歯(めば)ぁ二本も欠げでぇ
出店(めひ)のアンチャね
医院(えしゃ)まで抱(だ)かえでしゃぁ
アンチャの汗臭(あひかまり)コぁ
今(えま)でも　つぅんと鼻さ残ってぇ

国民学校四年の時(づぎ)ぁ
森林軌道(ひんろ)の草取りしてらきゃ
豆訓導(ひんひ)ぁ
童等(わらしど)どご
ずらーっと並べで
殴(ぶったら)　えでぇ
自分(わ)も
何故(なして)ぇ叩(ただ)えだが
よぐ分がらね顔(つら)して
それでも
ちゃんと校長先生(こうちょひんひ)ねなってしゃぁ

このごろぁ
そんたごどばり

頭脳（のみそ）がら零れでぇ
だんだん空っぽなって
ソファーさ
ごろっと凭（ながま）てら老猫（くろ）みねね
眼（まなぐ）コぁ
閉（つ）ぶたり開（あ）げだりしてっとも
それでも老猫（くろ）だば
天井がら
するするど蜘蛛ぁ降りで来たきゃぁ
もっくらど背中（ひなが）コぁ丸めでぇ
大ぎだ欠伸（あぐび）してがら
もちゃもちゃど歩（あ）てらきゃぁ
ぐるっと振り向えで
「君（んが）も来え」だど

学校(がっこ)ワラシ

旗コ持った
男だの
女(おなご)だねネ囃(はや)さエで
戦争サでも行ぐエね
手コあげて
コンクリートの
学校サ入(は)って行(え)ぐ童等(わらしど)ぁ

本コ読めば
ぺらぺら

野球やらヒれば
額（なずぎ）サすぐ汗コかえで
風邪（かじぇ）コふえでぇ
早熟（まひ）だ女童（おなごわらし）ぁ
隣家（となん）サ遊（あし）ぶね行（え）げば
「お邪魔しました」っテ
急いで（でたくたど）　戻って来（く）っとも
あれだば
ぐやぐやどした街の童等（わらしど）ど
どごだんでら似でるども
ん〜ん
学校ワラシがぁ
大分（おおぎだね）　違うなぁ

ずう〜と昔(むがし)
オドもオガも
学校サ送るもしねども
弁当食ってぇ
午後(ひるまから)なれば
山サ　川サ　畑サ
ぶ走(は)ヒでぇ
そしてるうぢね
鉄砲ぉ担づぐごど覚(お)べで
爆弾で死んで
それごそ
本物の
学校ワラシだってぇ喋(さ)るども
んでも

違うなぁ
やっぱし
違うなぁ

昔ぁ
じょっくり揃テ
騙さエだ学校ワラシどぁ
こんどまだ
横断歩道だの
道端（きゃどばだ）で
そら行げ　そら行げって
背中（ひなが）コ押してっとも
ん、
ん、

先生方も
間違うなやぁ
その旗コぉ

だんじゃぐこぎ

ままんで
我侭童の様に（だんじゃぐわらしみねね）
あちこち　ぶ壊（か）して

それもまだ
面白（もし）れ　面白（もし）れっテ
投票入る（ふだこひ）馬鹿者等（ばかもど）ぁ

新聞もまだ
煽って（ののめがして）
吠えれぇ　吠えれテしゃぁ

その日の夕刊サだば
小さく（ちょこっと）
土方（どがだ）の社長（ぼがしら）コぁ
首吊（つ）テ死んだテ

先（ま）んズ在郷（じゃんご）サ行（え）ってみれ
家（え）がらだんでら
田がらだんでら
老人（としよりこ）がらだんでら
ばりっ　ばりってテ
不思議（おがしけ）だ地響（おど）コしてしゃぁ
あれだば空耳でねぇどぉ

そんでも
あの我侭（だんじゃぐ）こぎぁ

五年も荒げデらきゃぁ
あど飽ぎだんでら
あんぐり口(くぢ)開(あ)げでぇ
鼾(はなおど)立(た)ででらども
きっと極楽(ええどこ)サだば行(え)げねどぉ

だども
彼(あれ)ごったおん*1
もっくり起ぎデ
まだ壊(や)っとテ
ケタケタど笑っかも知(し)ねどぉ

ケタケタどしゃぁ*2
ケタケタどだぁ

*1　彼のことだから　　*2　ケタケタして

事件の後

ぼやぁとした雲ぁ
半月も垂れでえ
時折(ときたま)腕章かげた若者等(わぎゃもだ)ぁ
どやどやど
車がら降りで来っとも
街中(まぢなが)ぁ
死んだ様(え)ね静寂(おどなし)ぐなテぇ
役場の広報車(くるま)ばり
同じ所(ふとつたどご)
ぐるぐるまわってしゃぁ

六つなる男童(おどごわらし)コぁ
川縁(かわぶち)の虎杖(さひどり)の中で
首コ締めらえでしゃぁ
女童(おなごわらし)コまだ
雪解水(ゆぎちりみず)サ投げらえでぇ
ぶす黒れ顔(くつら)コぁ
瀬(ひ)コさ引(ふ)かがテしゃぁ
いだんねして
いだんねして
向(む)げの婆様(ばさま)ぁ
ランドヒル
ぎっちり摑めでしゃぁ[*1]

ええ街コでぇ
ええ人等（ふとど）ばりでぇ
あれがら狂るテはぁ
夕刻（ばんかだ）なれば
ちらっ　ちらっど
上瞳（まなぐ）コぁ動がして
んんな家（え）サ入（は）って行（え）ぐども
もし（わ）か（ひ）する（ば）と
この街全部（まぢまんま）
地獄だんでらサ
どかっぁと落（お）ぢでしまう様（え）で
少し心配（あっこ）テきたどもなぁ

そんた中ぁ

乾燥（はしら）えだ舗装路（きゃどこ）ぁ
爺様ぁ
ずすらぁ　ずすらぁテ
まだ止テ
孫童（まごわらし）だべぎゃぁ
「あえぇ」って笑ったけゃぁ[*2]
体コ捩（ねっ）けらひでしゃぁ
…………
元（もど）ぁ偉い人（さがしふと）であったたどやぁ[*3]

＊1　掴めてさ
＊2　笑ったら
＊3　あったそうだ

大正の婆(ばば)

娘(めらす)だ時(ずき)ぁ
霙(あまゆぎ) の中ぁ
畚(もっこ) 背負(しょ)っテ
護岸工事サ稼(かひ)デ

奥地(さわ)の百姓サ
嫁なって
どさぁっと朝草ぁ刈っテ
牛飼(べごあずが)っテ

日ぇ暮れデ
大急ど食事仕度しテ
ぼかぁと裡電球ぁ点げば
居眠しながら綻コ縫テ

まだ
出産テ
漸と大学サ入学だば
そのまま
鉄砲弾でしゃア

んで
今度ぁ
老人ホームさ行げどお

だども
下駄の鼻緒コぁ
こんたね緩(の)びで
これがら
ずすら　ずすらって歩(あ)げてがァ
捻挫(きんげえり)でもひば
此処(こご)サ卒倒(ながま)るばりだべぇ[＊1]

あえあえー
大正の婆(ばば)だテぇ
そのうぢね
お前等(めど)だテ　来(く)らたどぉ[＊2]
ん

庚申様(こしんさま)の石コさでも坐(ねま)テ
待ってみっかァ

＊1　卒倒するばかりだ
＊2　来るんだぞ

遺跡

かさぁっ
かさぁっテ
枯葉(は)コ積(た)まテ
遠(と)ぎい遠ぎい昔であった
羚(あおしし)　担(か)ずで来た若者(わげえもど)ふたり
甕鉢(かめばつ)　携(たな)えで来た女(おなご)の尻見(けっちみ)で
くくっと笑った筈だぁ

手コ握(と)られデ

よちゃよちゃど石コさ坐(ねま)った統領(おやがだ)ぁ
広場(にわ)のど真ん中で
ごほんテ咳(ひぎ)しテ
あれで三十二だどぉ
百年も威厳(えばて)テ来た顔(つら)コしてらでばなぁ[*1]

ずらっと置石(おぎえし)並べでえ
白髪の　婆(んばばぁ)
んわぁん　んわぁんテ
呪棒(ぼうかしら)　振るまして
神様ぁ
来たどー来たどっテ

あれがら

木実(きのみ)ぃ喰って
兎ぃ獲(と)って
雑魚(じゃっこ)ぉ掬(す)くて
皆(んんな)　死んで
ふあらぁ　ふあらぁテ*2
枯葉(は)コ積(た)まテやぁ

深(ふけ)ぇ火山灰(つぢ)コ掘(ほ)っけげで
人骨(ほねコ)がら黴(かぶ)けだ血(ちコ)ながれでぇ
きっと俺等(おらど)の先祖だべぇテ*3
石棒(なだ)だぁ石斧(まさがり)だぁテ
叩(ただ)えだり裏返(かっちゃ)ねステらども
何てごどねぇ
せめて(ひめで)

孫爺様（まごじっちゃ）の臭り（かま）でもスて
銭（じぇんこ）あ
じゃらじゃらど出でこねぇがぁなぁ

＊1　しているようだが
＊2　ふありふありと
＊3　先祖だろうと

踠(もが)ぎ

ああこの年齢(とし)なって
脚ぁ病んで　腰ぁ病んでぇ
顔(つら)ぁ顰(しか)めでぇ
疾(えっつ)ね死んでもええ筈だども
まだ医者(えしゃ)さ通(かが)て
どぐどぐど薬ばり呑んでぇ
あれぁ藪(やぶう)医者だども
そんでも
胸だの　腹だの撫でしゃぁ

昨日も

同級生ぁ死んだテ
俺の背骨さ

ぎちゃぎちゃど針でも刺さえだえね
まだぁ生ぎでらじゃ　この格好でぇ
妻　だの　息子だの　家財っコだの心配てぇ
やっぱし
度胸なしだがも知んねぇ

近所の人等ぁ
君ぁだば死んでならねぇって
誰も彼も喋っとも
腹の底だば分がるもんでねぇ
反逆児だかも知んねども

この年齢で　痛でぇ痛でぇてれば
根性まで曲がってしゃぁ

んでぇ
この頃ぁ漸っと杖っコ突ぱて
あちゃこちゃ彷徨でれば
院号だ　居士号だって

仏心ぁ付でぇしや
線香の匂コまでして
本当ね冥土さ引張るえでぇ
じゃわじゃわめでしゃぁや*1

曲がりかどの地蔵様さ

この二股道コどっち良ばぁって聞だば
そんたごどお前さ聞げって
ぽこんと頭コ叩がえだんて
お前ぇて誰んだばって
ぐるっと見渡しただども
そのお前ぇ何処ねも居ねしてやぁ＊2

ああ
菩提寺の和尚さんサでも
聞でみっかぁ

＊1　寒気がして
＊2　居ないのだ

トーキョー

東京サ集合(あづ)ばれドぉ
……
新幹線サ四時間も乗(ぬ)っテぇ
地平線(はでぇ)も見(め)ねだぎ家(えっ)コぁ在っテぇ
ぼっつらぁ　ぼっつらド
細長(ほそなげ)ぇコンクリの塊(かだまり)ぃ建っテぇ
これだば
ままんで大海(うみ)の墓場だべぇ
……
そしてら中(うぢ)ね電車(くるま)ごど地下サ潜(もぐ)テ

土竜(もぐらもぢ)みねね顔(つら)コぺろっと出したば
トーキョー
東京駅(えぎ)だド

………

煩(うるしゃ)ぁ天井(てんじょ)の下ぁ
ぐやぐやド人間等(ふとど)ぁ行(え)ぎ来(き)して
急遽(でたくた)ド電車サ座(ねま)たば
鼻先(はなつらもど)サ
娘(めらす)の脛(すねから)ぁべろっと出デぇ
隣席(となん)の兄(あん)ちゃだば
新興宗教(かみさま)でも拝んでらたがぁ
目玉(まなぐたま)ぁ少々(ちょこっと)も動ぐもんでねぇ

会議だ　懇親会だテ

紙屑ばり多量（ずっぱり）ぃ渡さぇで
先生（ひんひ）だの
官僚等（やくにんど）のホラ話サ頭コ下げデぇ
これだば
棚下（たなもど）で晩酌してらホぁ
よっぽド安堵（あじまし）じゃぁ

今（えま）でも崩落（おじ）でくる様（え）だビルぅ
斜めだの　真上だの見でらきゃぁ
首の骨コぁ
かくらっと外れる様（え）デしゃぁ
ホテルさ入ったば
二十階のシングルだドぉ
二、三歩蹌踉（まやめ）げばドアさ当（ぶっ）かテぇ

これだば独房(ろうや)だべぇ
地震きて　火ぇ燃えで
このまま骨コなるてがぁ
先刻(さきた)から
胃コぁ　ちりちりド病んでぇ
呆然(ぼさっと)してらば
朝(あさま)なってしまっテぇしゃぁ

あぁ　あぁ
東京がぁ
トーキョーねなってしまったがぁ
……
だども
待でよ

あしたでも
原宿のど真ん中サ
牛(べこ)コぁ
五、六頭も放してみっかぁ
あの
蒼い顔(つら)コの若者(わげえもの)も
顎ぉ外れったぎ笑うべがなぁ

八十歳(はちじゅとしより)の詩

漸(よや)っと八十歳(はちじゅとしより)なったきゃぁ
水田(た)も　山林(やま)も　人間(ふと)の値打(ねうぢ)まで無(ね)ぐなテ
欠伸(あぐび)ばり出でしゃぁ
ストーブの傍(わぎ)さ　ごろっと着所寝(きどごね)したば
曾孫(まごわらし)ね踏(ふ)んづげられで
もっくり起(おぎ)でぇ
「オレまだ生ぎでらたどぉ」テ叫(さ)がんでも
誰(だ)も見向ぎもしねぇ

寝ぼけだ眼(まなぐ)で

ぼやぁっとテレビぁみでれば
戦争ぁ知らねぇ政治家等(ひんひえがだ)ぁ
原発だぁ　集団自衛権だぁテ
ままんで雀コ　嘴(くじっぱし)ぁ尖(とが)けでらえね
力説(ええふり)こえでっとも
背広の下がら
下心(したごごろ)コぁぺろぺろど見(め)えでぇしゃぁ

そのうちね
老人等(としょりど)ぁ総て居(でらっとえ)ねぐなって
他国(どっ)からがぁ攻撃(ひめ)らえでぇ
んだら　負げねで砲火(どっか)めがひばええっテ
何ぃ　それ当然(あたりめ)だテ

あえあえー
ゆっくり昼寝もしてらえねでぇ　ほれ

（本作品は一六年賀状の詩を一部改作したものである）

三章　友ぁ何処サ行った

友（やづ）ぁ何処（ど）サ行（え）った

後ハ（あどは）ぁ
再起不能（やづねえ）っテがら
藪医（やぶ）者ねも診（み）で貰ってらたがぁ
霊魂（たまし）コねもなれねで
雨戸（あまど）コぁ一（ふと）つ叩（ただ）ぐもしねで
無念（おっちゅ）　無念（おっちゅ）っテ逝（え）ってしまったぁ

なんぼ温厚（おどなし）い善人（ふと）でも
幾多（ずっぱり）い功績（てがら）コぁたででも
心臓（どまんなが）の管（くだ）コぁ

ぶつっと切れれば
八十歳（はぢじゅうとしより）の暖簾（めひ）コでも
閉鎖（ただむ）よりほがねべぇ

家族等（えのもんだ）ぁ
棺（がんおげ）　サ涙（なだ）コ零（おど）しても

火葬場だば
からからど乾燥（はしら）えでぇ
死水（しにみず）ねもならネまま
全部（でらり）ぃ焼げでしまったおン

罐（かま）がら
驚愕（どでん）しだぎ　真白（まっしれ）ぇ遺骨（ほね）コなて
ばさばさど骨箱（はご）サ詰（ひ）らえでぇ

ぱたっと蓋コ閉(さ)えだば
これぇ来世(あっちゃ)サ送(お)ぐっとっテ
戒名(ふだ)コ付けらえでしゃぁ

しゅんしゅんど[*1]　友(やづ)ぁ飛んでぇ
大勢(んんながら)ぁ楽園(ええどこ)サ行(え)げよって叫(さが)ぶども
凩ぁばり　にひらっと笑うばんだぁ
そのうぢね寒(さび)ぃ寒(さび)ぃって
友(やづ)どご誰(だ)も探索(さが)さねぐなってしゃぁ[*2]

＊1　すばやく
＊2　なるんだな

英霊（たましこ）

ニューギニアの
洞窟（あなぐら）サ
比島の
密林（ジャングル）サ
シベリアの
凍土（ツンドラ）サも
四つ這（ぬだばた）まま

放置(ぶなげ)らえでェ

貴方等(あんだがだ)ぁ
村サ
帰還(きて)みんてテがぁ

村人(ふと)も
萱屋根(やね)も
田面(たもで)も
総て変貌(でらっとかわ)てェ

偶(たま)ね
年寄(としより)コど会っても
次の日ェ

ころっと
死んでしまうどぉ
村辺（そごだり）でぇ
戸惑（まやめ）でれば
ほれっ
童等（わらしど）ね
躓（けつまげ）らえっとぉ

同級生

露草（ほだるぐさ）ぁ　漸く（よやっと）咲えだ朝（あさま）ぁ
眠（ね）った様（え）ね
ムラぁ　死んで

去年まだ
紫陽花一枝（ふとえだ）　ぽきっと折れだきゃぁ
フミオ死んで
十五年前（め）ぇねも
喉がら食事（ものこ）　落ぢねぐなっテ
タガシ死んでしゃぁ

これでムラオガぁ三人
全部(でらっと)　死んでぇ

その前(め)ねも
ヨシオも　マサミも
ヤマケンまで死んでぇ

生(ん)まれだ年ぁ
大冷害(おおけがづ)であったっテ
婆様(ばば)がら聞(き)だども
そんでも　弱々(あおらあおら)ど生(え)ぎでぇ
昭和十六年なったば
牛(べごこ)サ焼判(やぎばん)でも押したえね

校舎サ入(ひ)らえで
戦争ぁ　敗げだきゃ
子供(わらし)のまま
百姓だぁ　大工(でぐ)だぁ　土方だぁテ
稀(なが)ね
高校だぁ　大学だぁテ
ばたばたど　放さえたども

何時(えづ)の間(め)ねが
同級生等(んんながら)
死ぬ日の戸口(とぐぢ)サ　彷徨(まやめ)でぇ
吉日(ええひ)も
悪日(わりいひ)も無(ね)ぐぅ
制服(くれふぐ)着てぇ

君(んが)だ　俺だテ
引張(ふっぱり)じょっこして
そのくひ
よぐ見れば誰彼(だもかも)　後退(あどじゃり)して

まず家(え)サ戻って
ごろっと　寝で
新聞でも読んでみっかぁ
だども
今日もまだ
背中(ひながこ)で　ごそごそっテしゃぁ
きっと
同級生等(ありゃど)の仕業だべぇ

七十年経って

軍人百八十六万
一般人六十六万
実数（ほんと）だばその倍も死んでぇ
戦争ぁ終った

あれがら七十年経った

俺（おら）の長兄（あんちゃ）も
赤紙ぁ来（き）たきゃぁ
文句（ごもめぐ）もしねでぇ出がげで

ミンダナオ島の
密林（やまおぐ）で死んでぇ
この村の若者等（わぎやものど）ぁ
シベリヤの凍土（つぢ）で
満州のコーリャン畑で
ニューギニアの壕（あなこ）で
レイテの海で
二百三十一人も死んでしゃぁ

そんた事（ごど）ぉあったてがぁテ
スマホの女の子（おなごわらしこ）

んだども
あった。

屍の子守歌

お前達(おめど)ぁ
ミンダナオ島のウマヤン地方って
覚(お)べでらがぁ

んだんだ
内地だの大陸(まんしゅう)だのがら
平壌(へいじょう)サ　んーんな集めらえで
太平洋サ出で
秋田がらの兵(やづ)も
青森の兵(けやぐ)も

山形の兵(おんちゃ)も
島サ上陸したば
どかーん　どかーんテ
密林(やま)サ逃げでも
ばさばさど生[*1](お)がてら大羊歯(おおしだ)の下サ隠れでも
ままんで火山サでも遭難(あ)ったえね
総員(でらっと)死んでしまってぇ
昭和二十年六月二十九日のはなしだぁ

あれがら
雨サ曝さえで
河サ流さえで
鳥ね突突(つづ)がえでぇ
七十年経ってぇ
なんも無(ね)ぐなったども

生温い南風サ乗って
ねんねんころりん　ねんころりん　ッテしゃぁ
幼少ぃ聞いた　兄の声ぁ
実家までも聞けでしゃぁ
現地でも　戦友等サ聞がひでらべぇ*2

んで
永田町辺りで
目ぁ開だまま居眠てらぁ若え議員等ぁ
それでも気障こえで
海外派兵だの　後方支援だのっテしゃぁ
んだ　んだ　って野次ったりしてしゃぁ

んだどもやぁ
そんだげ暇だば

ウマヤンさでも
テニアンさでも
レイテさでも行(え)って
ねんねんころりん　ねんころりんっテ
今(えま)でも地鳴り様(み)ねんね響(ひび)でくる
あの屍の子守歌(こもりうだ)ぁ

若者等(わげえものど)の悲痛(ひづね)ぇ　叫(さが)び歌(うだ)ぁ
しっかりと聞でこい

聞(き)だら
本当ねぇ
知らねえふりしんなよ

＊1　大きく重く
＊2　聞かせているだろう

死に場

父(と)ぉジュース飲まひでけれっテ
それっきりだったべぁ
なんぼが苦(ひず)ねがったんでらぁ

どかぁ~と頭でも叩(ただ)がえだ様(え)で
絆だが何んだが
ぶっつり切れる音してぇ

夢中(もじょ)なて叫(さ)がんだども
他人(ふと)ごどみねね

瞳コ(まなぐ)ぁばっつり開(あ)げだままデぇ

骨コど皮コばりなテ
そんた格好(じゃま)して
何処(ど)さ行(え)ぐテがぁ

ベットさ
何(な)も彼(か)も放置(ぶな)げで
親ね跡片づげれっテがぁ

こんた暑い時期(あっちじき)ぁ
急(うるだ)えで
死に場ぁ探さねばテなぁ

あどハぁ
骨箱も裏返（かっちゃね）して
体も魂（たましこ）も　皆（んんな）　放（ほろ）ッテしまたどぉ

だども　じっとしてれば
過去（むがし）ばり
喉元サどっと登ってきてぇ

今日も瞳（まなぐ）ぁ熱（あつ）ぐなて
祭壇の前（め）サ座（ねま）てらけゃ
後ろで女房（かっちゃ）もぐすぐすってしゃぁ＊

漸く（ようやっと）歩（あ）ぐ様（え）ねなテ
今頃ぁ「クソ親父」テ

舌打ちしながらにやっと笑ってらべぁ

＊　泣いて

死の淵(ふぢ)

八十年も抱(たな)えできた五体(からだ)ぁ
何時(えづ)の間(め)ねがぁ頭(あだま)ばり重(おぼ)でぐなテ
とうとう後戻(あどじゃ)りでぎねぇ
死の淵(ふぢ)サ来たがも知れねぇ

このごろ
棘(とぎ)だの葛(つら)だの絡まてら 叢(くさわら)ぁ
ぼやぼやど彷徨(あり)てらばぁ
死の淵だって顔(つら)の無(ね)ぇ声ぁしテ
戻れ　戻れっテ

誰も叫ぶものも居ねしテしやぁ

この前だば蜷川幸雄ってス
偉らえ人ぁ
若え医師団ね囲まえでぇ
大騒ぎの中ぁ
深々どした淵サ落ぢで行ったども
その後ぁ
ぽつんと花コぁ浮んでるばんでしやぁ*

だども　昨日の朝ぁ
同じ町内の二つ年上の友ぁ
でたくたど逝ってしまってぇ
涙コぁ　ぽたっつんと落したばぁ
淵さ大ぎだ波紋ぁ広がってテ

底（そご）がら夜泣（うなり）ぁ聞けでしやぁ

ああ　俺らも
逃げんね
逃げらえねぐなったがも知（し）んねぇ

川原（から）の石（えし）コさ座（ねま）テ
どぽんと　小石コ投げでみだば
恐怖（おっか）ねぇものぁ
なんも無（ね）ぐなったテぇ
空元気（からげんき）ぁたげでみだどもやぁ

首の無（ね）ぇ声コぁ聞（き）だり
脚部（あし）だの　頭部（あだま）だの
ふわら　ふわらっテ飛んだりひば

やっぱし　寒気(じゃわ)めでぇしやぁ
戻(もど)っ場所(とご)ぁ　きっと在るどテ
あっち　こっち眺めでるどもなぁ

ただやぁ　今(えま)の世の中(なが)だぁ
八郎太郎どこでも呼ばテ
淵(ふぢ)ぁ　どうどど乾上(ほし)てしまえば
医者等(えしゃこど)も和尚(ぼうさん)も
仕事(しごど)コねえして　少々泡食(ちょこっとあわくう)べどもなぁ
死者等(ありゃど)だば
黄泉(あっち)さバイパス造営(こしゃ)でぇ
白装束ぁまま
なんも喋べねで待ってるべなぁ

＊

ばかりで

会　葬

大物ぁ逝(え)ッテ
切符でも買う様(え)ね
受付サ
じょえじょえど[*1]集(あづ)ばテ

本堂サ入(は)たば
ずすっ　ずすっど膝(ひじゃ)コ折(っ)で
騒然(がや)めぐ中ぁ
後退(あとじゃり)ス年寄(としより)コも居(え)でしゃぁ

鐘ぁ　ごぁ〜ん　ごぁ〜ん鳴って
ごくっと息(えぎ)のんだば
線香(ひんこ)まで
一瞬(きたっと)　止まってしゃぁ[*2]

頭上(あだま)がらお経ぁ　どどっと降(ふ)テ
これだば「下に下に」の格好(かっこ)だべえ
小一時間も
畳の縁コでも見でっかぁ

焼香だて
放浪(ほろけ)息子ぁ先頭(さぎ)なテ
孫だ　本家だ　分家たってしゃぁ
系図でも見でるえね　次々(どうど)と続(つづ)デ

町長ぁ上座(うえ)サ坐(ねま)て
議員も支店長も
家来コみねね眼(まなぐ)コつぶテしゃぁ
今度(こだ)まだ弔辞だどぉ

ラストセレモニーだおな
誰(だ)も彼(か)も縄文時代の顔(つら)コして
手コ振る訳(わげ)でもねぇども
仏様なテぇ　旅発(え)っテしまたどや

どやどやど
出ロサ群(だま)なる黒(くれ)え背中(ひなが)コぁ
葬送立会人でもなたえね

小(ち)ちゃぐ溜息コしてしゃぁ

爺様ぁ　待でじゃ
この参道だば
オラより先に帰(もど)るテ
それだば順序(ばん)コ違(ちが)っぺしゃぁ[＊3]

＊1　ぞろぞろと
＊2　止まってよ
＊3　違うだろう

順番(ばんこ)

長兄(あんちゃ)ぁ戦争さ行(え)く時(じぎ)
「今日よりは顧みなくて
　大君の醜(しこ)の…」ってテ
万葉の世辞歌(けはぐうだ)ぁ　うだわひらえで
霊(たましこ)　なったば
漸く小言(よやっとごご)めでしゃぁ

ジャイアンツ勝った翌朝(つぎのあさま)
難病神(やめえのがみ)ね攫(さら)わえで行(え)った倅(ひがれ)
「親父の無力者(えじゃりきゃし)」ってテ

悪態(あくでぇ)でも呟(つ)でらんでら
耳朶(みみたっぽ)も痒(きゃ)ぐなってしゃぁ

オラも臆病者(じぐなし)であったども
叫(さが)んでもみだ
泣えでもみだ
「行(え)くな」って引張(ふば)ってもみだ
んだども
長兄(あんちゃ)も
倅(せがれ)も
順番(ばんこ)来たっテ
訳(わげ)のわがらねまま
どごの馬鹿者(ばがけ)ねが
荒々(どうど)ど攫わえでしゃ*

んな仕事(しごどこ)忘れだ歳(としこ)なテ
木陰(ひかげこ)でだば
命乞食(いのちほえど)だの
狡猾者(なまずれ)っだの
法螺吹(じほこぎ)だの
懺悔(くまかぐし)ね

ゲートボールさ夢中(もじえ)なテとも
強(つ)えも弱(よ)やもねぇ
順番(ばんこ)だば必ず来(く)っから

そのうぢね
オラさも呼出(よびだし)かがっぺども
待てよ

その前ね納戸(なんど)サ入つて
こちょっと
宝くじでも調べてみっかぁ

＊ 攫われてよ

めいど号

行(え)っても
行っても
誰(だ)も戻って来ねえ
地球って本当(ほんと)ね丸(まるきゃ)テがぁ

此処(こご)まで来(き)て
童(わらし)みねね　後戻(あとじゃ)りして
腹ぁ痛(い)での
靴(けり)ぃ互違(あっぺ)だのテ喋(さべ)ても
背中(ひなが)で

歩(あ)べ　歩(あ)べってしゃぁ

ぐるっと後ろ見だば
来る　来るぁ
銭(じぇんこ)だの
女(おなご)だの
酒(さげこ)だの
政治もだ
何(な)もかも全部(でろっと)　携(たな)えでしゃぁ

斜目(ひがらめ)で見だば
火事だぁて
婆(ばば)ぁ腰巻振ってあったども
誰(だ)も見向きもしねでぇ

生(ん)まれだ時(じぎ)から
膨大(おおきだ)な
冥土行(えぎ)の
めいど号サ乗(ぬ)ひらえで
漸(よやっと)く　ここまで来たば
前列(めえ)の連中等ぁ
顔面(つらこ)蒼白(あおぐ)して
狼狽(まやめ)でしゃぁ

それもそだ
その先だば断崖(はんぶこ)なて
どどっと落ぢれば
底なしのまっ暗闇だどぉ

地球ぁ
丸(まるきゃ)っテ喋(さべ)っとも
やっぱし嘘だ

がん告知

ＣＴだ
ＭＲＩだ
ウソ発見器ばり
ずらぁっと並んで
あの音（おど）コぁ
パチっパチって
心臓サ刺（さ）さってくるものなぁ

刑事みねんた目玉（まなぐたま）して
「君（んが）ぁ命コ全部（でらっと）使（はだ）えだど」だど

瞬間(とだん)ね
わなわなど動悸(ふりい)きて
背骨(ひぼね)の中ぁ
どうどど血コ走(は)ひでぇ
そのまま
独房(ろ)サ収監(ひ)らえでぇ
天井ばり見でらば
空窓がら
風ぁ
さわさわど流れでぇ
偶(たま)ね
昔の鐘コぁ
カーンカーンって鳴ってしゃぁ

家サ帰たば
妻ぁ
少々ある命コ
算盤で弾じでぇ
如何ひば
如何ひばてぇしゃぁ
子ぁ
ベソかえだまま
ぺたーんと座てしゃぁ
仕方ねじゃぁ
俺ね
人間ってス資格え
「辞めれっ」だどやぁ

だども待でよ
毎日(まいにち)い命乞食(やっこ)ばりしても
埒(らじ)ぁがねぇ
偽札(にひさづ)でも
びらめがして
大蒜食って
茗荷食って
行(え)くどごまで
行(え)ってみっかぁ

老い一日

四時（よンじ）なたがぁ
新聞も未だ来ねべえ
ぼやっと天井（てんじょこ）見でらきゃぁ
誰（だ）んだば
俺（ふと）の脳味噌まで掻回（かま）して
あえあえ
飽ぎだ飽ぎだ
んでも死ぬもひねでぇなぁ

もちゃもちゃど起（お）ぎだば

灯油(あぶら)コ勿体無(いだまし)いテ
怒鳴(きまが)えでぇ
地蔵(ぢんじょ)コ様(みね)ね
ぺたんと座(ねま)てらば
九時(くンじ)なって
薬コだぁ　血圧だぁ
ちょこっと散歩(あ)て来っかぁテ

一時(えじンじ)なて
ごろっと着床寝(きどごね)したば
「死んでらたなぁ」だど
誰(だ)ぁ死人ぁ返事スもだて

五時　六時　七時

骨コも皮コも乾涸（ひから）びて
眼（まなぐこ）まで
しょぼしょぼめで
どらぁ
肝玉（きもたまこ）でも温（ぬ）ぐだめっかぁ

まだ目ぁ覚めでぇ
時計の音（おど）コ数（か）じぇだば
行（え）げっ行（え）げっ　行（え）げっ行（え）げっテ
何処（ど）サ行（え）げばええっテがぁ

鱗雲（うろこぐも）

兄（あん）ちゃぁ
其処（そっ）から見（め）っかぁ
南サ横（なが）まてら
あのうろご雲の尾っぱコ

弘前連隊の演習場（くさわら）で
這（ぬだば）ったり起（お）ぎだりした時（じぎ）も
あのうろご雲ぁ見だべぇ
平壌で禿げた山肌（やま）サ上（あ）がた時（じぎ）も
あのうろご雲の下でだば

絶対(えっしょ)　死なねど思(おも)たべぇ

赤道辺(あだ)りまで転進(え)テ
骨(ほねこ)まで真っ赤ね燃えで
そのまま砂サ蒸(む)さえでしまたべばテ

今頃(えまだり)
種々(いろん)だ空コ見で
種々(いろん)た風(かぜえ)コ聞(き)でるべばぁ

今日もまだうろご雲ぁ出(で)でぇ
風(かぜえ)コ吹えでぇ
落葉コぁふわっと飛んで
縁側の週刊誌ぁ

ぱらぱらど捲(めぐ)らえだきゃぁ
変人男(おがしけだおどご)ぁ
靖国神社サ賽銭投げでらども
兄(あん)ちゃぁ
今度だば
間違ても拾(ふ)るてならねでぇなぁ

解説

福司満　秋田白神方言詩集『友(やづ)ぁ何処(ど)サ行(え)った』
「凝縮された生命(いのち)」を方言に宿す人

鈴木　比佐雄

1

世界遺産の秋田県白神山地の麓に広がる藤里町に暮らす福司満さんが、第四詩集の秋田白神方言詩集『友(やづ)ぁ何処(ど)サ行(え)った』を刊行した。第一詩集『流れの中で』は共通語であるが、第二詩集『道こ(きやど)』、第三詩集『泣ぐなぁ　夕陽コぁ』と同様の秋田県北部の藤里町周辺の方言によって書かれた詩集だ。福司さんが編纂委員会会長と編集委員長を兼務して二〇一三年に刊行した『藤里町史』（二段組・七〇四頁）によると、藤琴と言う地名の由来は八、九世紀にわたる蝦夷平定のために坂上田村麻呂がこの地に入った時に琴を見つけ、それを弾くと無類の音が響き渡り「不二琴」と名付けたことにより藤琴になったとか、藤の花咲く地に琴を弾く高貴な美女がいたことから「藤琴」なったなどの説の他に幾つもの神話的な説が紹介されている。藤里町は豪雪地帯であるが、白神山地から藤琴川と粕毛川が流れて一つになって、米代川に合流する流域の町で豊かな山河の恵みと米の産地でもある。藤琴村の「琴」と粕毛村の景勝地の素波里（すばり）の「里」を取って「藤里村」が一九五五年に誕生し、一九六三年には「藤里町」になったことが記されてあった。福司さんは郵便局に勤務しながら一九七五年に『藤里町誌』の編集をした経験から、二〇一三年刊行の『藤里町史』の編集と執筆の中心的な役割を担った。それに収録されている「藤里町民歌」の作詞者名も福司満と記されてあった。きっと福司さんは藤里町の生き字引のような郷土史家であり、この地の言葉が心の奥底から溢れ出てくる詩人でもあり、多くの町民から敬愛されているのだろう。

なぜ福司さんは標準語で詩を書くことを止めて、方言で詩を書くことになったのだろうか。第二詩集『道こ（きゃど）』のあとがきで次のように語っている。

私は、詩とは、などという難しい定義めいたことはよく分からないが、自己に内在するものを詩的要素を持ったことばで、どのように表現するかがひとつの条件であると思っている。だから、その表現のためには必ずしも共通語だけに限らないし、方言で書くことによって心情をより豊かに表現できる場合もあると考えている。

ただ、方言を文字にすること、ましてや詩として表現することは、方言のもつ本来のニュアンスはもとより、その発音、イントネーションなどについても正確に書き表すことができるのかが難題であり、かつまた私の挑戦だと思っている。

（略）

情報機関等の発達により、どんな地域でも共通語が通用するようになった今日、敢えて方言で書くということは、果たしてそれほど意義のあることか疑問もあるが、一時代をその地域で生きてきた人たちの証として書き残すことも大切ではないかと自分に言い聞かせているつもりである。


あとがきのこれらの箇所を読むと、福司さんが「自己に内在するもの」を表現する場合に、「方言で書くことによって心情をより豊かに表現できる」という、心情に突き動かされる思いから始まったことが分かる。その方言詩を書くことは、ニュアンスやイントネーションなどを正確に再現することの困難さを抱え込んだ、新たな詩的言語の挑戦であるという創作行為を語っている。さらに「一時代をその地域で生きてきた人たちの証」である郷土の人びとの言葉を芸術に反映させたいという強い語り部的な使命感を明らかにしている。

あとがきでは方言詩は昭和四十年代後半から試みだし、同人誌「密造者」に一九七三年に参加して本格的に書き始めたという。それは隣接するかつての合川町（現・北秋田市）などの「密造者」畠山義郎さんと亀谷健樹さんたちが方言詩の試みを当初から高く評価し激励していたからだ。私も二人からこの「密造者」を一九八〇年代頃から寄贈されていたので、福司さんの詩篇を読むことが出来た。福司さんが方言詩を書き続けてこられたのは、このような秋田北部の詩的土壌に深く根差して、そこから新しい方言詩の可能性の試みの価値を知っている詩友の存在も大きかったのだろう。

2

福司さんの使う方言は、秋田方言の中でも北部方言でさらに米代川流域方言に入るのだろうが、さらに厳密に言ったら先に触れた藤琴川・粕毛川流域における秋田白神方言と言われるのが適しているのかも知れない。私の妻は秋田県鷹巣町（現・北秋田市）生まれであり、時々秋田弁に触れていた。例えば「お茶」は「おぢゃっこ」、「味噌汁」は「オズゲッコ」、「砂糖」は「サトッコ」であり、物だけでなく「力」は「ちからっこ」などのようになんでも「こ」を付けることが可能なようだ。身近な物などに親しみを持たせる効果がある表現だ。一九九二年に刊行された福司さんの初めての方言詩集『道こ（きやど）』の「こ」も「道」に特別な思い入れを託していることが理解できる。この詩集は合川町の町長を四十年以上も務めた詩人畠山義郎さんが序を次のように書いている。

「福司満の方言詩を最初に読ませて戴いてから二十年は確かに過ぎた。当時、福司満は、方言詩以外に詩をものとすることはしないがよいと進言したことを想い出す。私は福司満の方言詩に、幼少の頃のこの地方の農村漁村の風俗人情は勿論、その躰（からだ）と自然環境、人と人との連鎖（れんさ）のなかにうごめく、濃縮された生命（いのち）を発見できるからであった」

そのように畠山さんは誰よりも早く福司さんの詩の方言詩の価値を見出し、米代川流域に生きる人びとの「濃縮された生命（いのち）」と評価し、その達成を願って激励していた。そのタイトル詩「道こ（きやど）」の冒頭の二連を引用したい。

世間体悪り（じやまわ）ども

暗(く)りゃ中(うぢ)に行(え)げ
んーな
この道(きゃど)コぶっ走(ぱ)ひだった
遠(と)ぎー寂(こさび)しねえ紡績工場(こうば)サ
あのワラシあ
何んた気で向がたんでら
〝バヤー〟ってさがぶなって

んーな
水溜り(がちゃめき)跨(まだ)えで行(え)ったども
兄あ
うしろ向ぐな
まっ赤な空ア
千人針の胴巻(どんまき)あ
落(お)どスなよオ

福司さんは故郷の町から他郷へ出ていくその道を見ると、世間体が悪いと暗い早朝に紡績工場に親に売られて走り去っていった少女たちの「何んた気」を思いやっている。また水溜まりを跨いで千人針を巻いて徴兵されていった兄を想起している。その道は悲しい思い出が詰まった別れの場所である「道（きやど）こ」でしかないのだ。

秋田方言の特徴は、カ行やタ行が濁音化してガ行やダ行になるという傾向がある。例えば男の子は「おどごのこ」や蜂蜜は「はぢみづ」になる。また単語の読みも独特なものがあり、当時を記録し再現するには福司さんにとって濁音化なども自然な表現方法なのだろう。最終連を引用してみる。

ひ（ふ）とつもえーごとねえ道（きやど）コだども
戻してけれェ
砂利の音コス道（きやど）コだア
年寄（としよ）りもワラシも
足サまめ出して歩（あ）った庚申様（こしさま）の道（きやど）コだ
ちょすな！

ぶかすな！
んーな
家コ逃げで行があ
拡幅すれば
彼等戻て来る道コ無ぐなるであ

昔ながらの「道コ」は拡張され舗装されてしまったのだろう。その道で繰り広げられた記憶を残そうと福司さんは書いたのであり、「道コ」はかつての現実の道でありながら、この故郷の痛切な出来事を後世に刻む言葉をとして甦らせようと試みられたのだ。つまり福司さんの方言詩は、方言で生きた人びとの多様な暮らしを掬い上げ、その消え去ろうとして方言を生きている人びとの暮らしそのものの情感を残そうとする。共通語の潜在意識となってしまう方言の魅力を記録しておけば、いつかまたそれを生かそうとする人びとが現れることを願っているのだろう。第三詩集の『泣ぐなぁ夕陽コぁ』のタイトルの中にも「夕陽コ」があり、「コ」が付くことによって夕陽を見詰めている人とは「夕陽コ」を共有していて、夕陽を見ている他者の様々な切ない思いが胸に迫ってくるような詩だ。

3

新刊の方言詩集『友ぁ何処サ行った』は一章「此処サ生ぎで」十二篇、二章「まだ生ぎでらたがぁ」十四篇、三章「友ぁ何処サ行った」十三篇の合計三十九篇から成り立っている。一章は「此処サ生ぎで」は章タイトルの詩から始まる。「此処」は濁音で「ごご」になり、「生きて」の「い」は「え」に近い曖昧な発音になり、「き」は一般的な濁音「ぎ」(GI)ではなく、鼻濁音(ngi)になり、最後の「で」はただの濁音になる。この濁音化と鼻濁音化の重なり合う秋田弁を聞いた際には、鼻濁音を使わない地方の人びとは戸惑いを感じるのだろう。しかしこれら「い」と「え」などのいわゆる訛りや濁音化・鼻濁音化が米代川の流域の人びとの生きた言葉である。それを一言でいうなら「此処サ生ぎで」であると福司さんは私たちに率直に語りかけているのだろう。冒頭の一連目を引用してみる。

オラの生まれだ集落だば

オド[*1]ぁ　朝草ぁ刈って
どさっと　厩(まや)サ置(お)けば
牛(べごこ)ぁ　餌箱(きっち)ぃ　でっくり反転(かっちゃ)ねして
鼻っコ鳴らしてしゃぁ
オドまだ
朝飯(あさみし)ぃ三膳(さんべえ)も食ってぇ
そンでも空腹(はらへ)ったテしゃ
「あぇ仕方(しかだ)ね」っテ
アバ[*2]ぁ　もちゃもちゃド[*3]
隣(となん)サ飯(まんま)ぁ借(か)れんネ行(え)ってしゃぁ
んだども家中(えのなが)ぁ軋轢(さだぐ)も無(ね)ぇ
オドぁ　無言(むすらっと)まだ田圃(たもで)サ行(え)ったおン[*4]

＊1　父　＊2　母　＊3　もたもたと　＊4　～のだ

山里の農民一家の朝の日常が子供の視点から描かれている。働き者の「オド（父）」が朝の草刈りをして厩(うまや)に餌を置くと、牛が嬉しそうに鼻を鳴らすのだ。

「オド」は大飯食いで三膳を食べた後でも腹が減ったといい、「アバ（母）」は仕方がないと、もたもたと隣にご飯を借りに行ってくる。それでも家の中は穏やかで、「オド」は無言でまた田畑へ働きに出ていくのだ。村落共同体も一つの家のようで、ご飯の貸し借りが自然に行われていた。この一連目を読むだけでも、福司さんが半世紀前以上の藤琴村や粕毛村の暮らしの味わいが立ち現れる。このような情感に溢れた光景を描き出すには方言の果たす役割は重要だ。

二連目以降は、藤里町に隣接する北秋田市の鷹巣駅前の寂れたシャッターが閉じた商店街で暮らし東京の息子たちを思う「婆さま」の心情を伝え、最終連で次のように語らせるのだ。

んだども
オラ等（ど）ぁ　現在（えま）　此処（ごご）サ生（え）ぎでらたどぉ
どひば　どひばっテ　溜息ばり出でくっとも
あの森吉山見でみれ
何も変わらねで、ホレッ。

村や町から子供たちが出ていき、後継者がいなくなった「婆さま」は溜息ばかりだが、悲観することなく森吉山を見上げることで、ありのままの現実を受け入れて、いま此処で生きることの尊さや素晴らしさを伝えているように思われる。

三章の詩集タイトルになった詩「友（やづ）ぁ何処（ど）サ行（え）った」も福司さんの死生観がにじみ出た詩篇だろう。死んでしまった友を偲ぶ思いがこのタイトルの「友（やづ）ぁ何処（ど）サ行（え）った」なのだろう。その詩の一連目を引用してみる。

後（あど）ハ（は）ぁ
再起不能（やづねえ）っテがら
藪（やぶ）医者ねも診（み）で貰ってらたがぁ
霊魂（たまし）コねもなれねで
雨戸（あまど）コぁ一（ふと）つ叩（ただ）ぐもしねで
無念（おっちゅ）　無念（おっちゅ）っテ逝（え）ってしまったぁ

友が霊魂になって雨戸を叩くこともなく、「無念（おっちゅ）　無念（おっちゅ）」と言い続けた言葉を噛み締めているのだろう。人はそのようにこの世にやり残した仕事や思いを残して死んでいくものだと物語っているようだ。最後の連も引用したい。

しゅんしゅんど[＊1]　友（やづ）ぁ飛んでぇ
大勢（んんながら）ぁ楽園（ええどこ）サ行（え）げよって叫（さが）ぶども
凩ぁばり　にひらっと笑うばんだぁ
そのうぢね寒（さび）ぃ寒（さび）ぃって
友（やづ）どご誰（だ）も探索（さが）さねぐなってしゃぁ[＊2]

＊1　すばやく
＊2　なるんだな

仲間たちは「楽園（ええどこ）サ行（え）げよ」と叫び心から友の来世を願い、方言の温かさが行間から染みてくる。「凩ぁばり　にひらっと笑う」というユーモアも友の照れ笑いを想起させてくれる。同時に生きることで精一杯で「そのうぢね寒（さび）ぃ寒（さび）いって」、友を思い出さなくなることも、致し方ないとどこか達観している。そんな人間の弱さと温かさを同時に感じさせてくれる詩だ。その他の詩篇のどれも藤里町やその周辺の戦前から現在までの掛け替えのない暮らしの心情を再現してくれている。そんな秋田・白神方言詩集は数年前に亡くなった畠山義郎さんの指摘した「濃縮された生命（いのち）」である。その言葉の魅力が多くの人びとに理解されて、この地に暮らす人びとや全国の方言詩に関心ある読者に読み継がれることを願っている。

＊参考文献　秋田教育委員会編『秋田のことば』（無明舎出版　二〇〇一年）

あとがき

本音をいえば、最後の詩集だからまだ時間もあり、あと二、三年はじっくり整理しようと思っていたが、八十路を過ぎると体力は衰え、物忘れも酷くなり、ときおり持病に悩まされ、しかも同年代の友人、知人がばたばたと倒れては何となく心細くなった。そんなところへ古い友人から「そろそろまとめたら」というハガキが届き、心が動いた。

生れてこのかた白神山地の麓から一歩も踏み出したことのない私が、その住処に微かな地割れの響きを感じたのは昭和三〇年代であろうか。ムラは終戦という怒涛の大波をかぶりながらも新しい人間像や環境づくりに躍起になり、その方向性は大きく変貌した。やがて新時代の到来となったが、人為的な地盤は脆くも崩れ、何千年、何百年と続いたムラは大音響で亀裂が走るようになった。

少々大袈裟だが、その頃私は否応なしにその渦中で喘ぎながら拙い詩を書いていた。共通語による第一詩集をまとめたのであるが、どことなくすっきりせず詩は地域のコトバで表現するのが最適と思い、新聞投稿などでたどたどしくそれを謳った。当時、秋田魁新報の詩壇選者をしていた畠山義郎さんがそれをみたのか「方言詩に徹したほうがいいな」と進言してくれ、更に昭和五十年第二次「密造者」が発足した際には、編集人である亀谷健樹さんが同人誌にそのスペースを割いてくれた。

それ以来、わが道を歩いてきたが、使命感や責任感があった訳ではない。結果が今回の詩集につながり、最早タイトルのように私自身を含めて「友ぁ何処サ行った」ということになった。これからはムラ外れをよろよろと歩きながら遣る瀬無い時代の大空を眺め、何かを求めることができればと思っている。

本詩集の上梓にあたりコールサック社の鈴木比佐雄さんが、わざわざ私の住んでいる町まで足を運び、その地域環境などをきっちり抑え、第二、第三詩集などの作品とも対比しながら編集してくれ、心あたたまる「解説」を書いてくれたのには頭の下がる想いである。

また、表紙絵を描いた杉山静香さん、装丁をした奥川はるみさん、題字を揮毫した船山渓石さん、三人のご支援に感謝しております。

因みに「秋田白神地方」というのは、平成四年に「白神山地」が世界自然遺産に登録されて生じた新語による地域区分であるが、その線引きも曖昧で秋田県北部一帯を指すのだが、はじめは何となく抵抗があったものの、時間の経過により地域の人たちにはすんなり捉えられるようになっている。

二〇一七年一月　福司　満

福司 満（ふくし　まん）略歴

1935年1月　秋田県山本郡旧藤琴村に生れる
「密造者」同人、秋田県現代詩人協会会員、
日本現代詩人会会員、日本詩人クラブ会員、
秋田県民俗学会員、菅江真澄研究会会員

著書
1974年　1月　詩集『流れの中で』（秋田文化出版社刊）
1992年 12月　詩集『道こ』（無明舎出版刊）
2005年　6月　詩集『泣ぐなぁ夕陽コぁ』（秋田文化出版刊）
2012年　3月　『藤里の歴史散歩』（北羽新報社刊）
2017年　2月　詩集『友ぁ何処サ行った』（コールサック社刊）

現住所
〒018-3201　秋田県山本郡藤里町藤琴字三ツ谷脇125

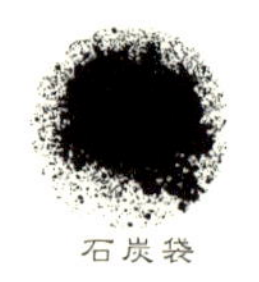

福司満・秋田白神方言詩集『友ぁ何処サ行った』

2017年2月25日初版発行
著　者　福司　満
編集・発行者　鈴木比佐雄

発行所　株式会社 コールサック社
〒173-0004　東京都板橋区板橋2-63-4-209
電話 03-5944-3258　FAX 03-5944-3238
suzuki@coal-sack.com　http://www.coal-sack.com
郵便振替　00180-4-741802
印刷管理　（株）コールサック社　製作部

＊題字　船山渓石　＊装画　杉山静香　＊装丁　奥川はるみ

落丁本・乱丁本はお取り替えいたします。
ISBN978-4-86435-280-2　C1092　￥2000E